无人知晓

誰も知らない

〔加〕田中雪莱 著　张家琦 译　〔日〕是枝裕和 电影原作

图书在版编目（CIP）数据

无人知晓 /（加）田中雪莱著；张家琦译 . -- 北京：北京联合出版公司，2022.4
ISBN 978-7-5596-5945-3

Ⅰ . ①无… Ⅱ . ①田… ②张… Ⅲ . ①长篇小说 - 加拿大 - 现代 Ⅳ . ① I711.45

中国版本图书馆 CIP 数据核字 (2022) 第 024324 号

北京市版权局著作权合同登记 图字：01-2022-0532

无人知晓

作　　者：（加）田中雪莱 著　张家琦 译
出 品 人：赵红仕
责任编辑：徐鹏
封面设计：尚燕平

北京联合出版公司出版
（北京市西城区德外大街 83 号楼 9 层　100088）
河北鹏润印刷有限公司印刷　新华书店经销
字数 50 千字　787 毫米 ×1092 毫米　1/32　4.75 印张
2022 年 4 月第 1 版　2022 年 4 月第 1 次印刷
ISBN 978-7-5596-5945-3
定价：45.00 元

本书根据发生在东京的真实事件改编而成，

小说人物和细节纯属虚构。

目录

第一章　秋日

母亲伸出手按房东公寓的门铃时，阿明努力踮起脚尖，想要让自己看起来更高。他们等待着对方开门，阿明紧握纠结的拳头，听得见屋里传来小狗的吠叫，以及拖鞋摩擦地板的声音。

开门的男人年事已高，略微驼背，身穿松垮的蓝色毛衣。站在他身后的是他的妻子，她的身形非常瘦长，打扮十分讲究，手指甲上涂了指甲油，手臂上挂着好几串手链。她手里抱着一只圆滚滚、黑白相间的小狗，小狗外凸的眼珠黑溜溜的，盯着阿明猛瞧。

当母亲和新房东礼貌性地鞠躬时，阿明尽可能地压抑他的烦躁。

“在下是福岛一家，”他的母亲说，随即又鞠了一次躬，手里递出他们买的一盒茶叶当作礼物，“我们刚刚搬进二〇三号，这是小礼物，一份见面礼。”

“感谢你们还特地买了礼物。”房东一面说着，一面收下那盒茶叶。他试着把茶盒交给妻子，但她抱着小狗的手却不得闲：“真的很开心认识你们。”

“是这样子的，我先生……人在国外，所以只有我和儿子两个人。”阿明的母亲推了推他，要他开口说话。

阿明鞠躬，说道：“我叫福岛明。”

小狗的喉咙里发出一声吠叫。就一只小狗而言，算是非常深沉的声音。

房东眯着眼睛打量阿明：“你现在读中学了吗？”

“我……我读六年级。”

“你个子挺高的，”房东点点头，“这个年纪的孩子是没有什么问题，但其他房客经常抱怨年幼的孩子很吵闹，这也正是为什么我们公寓不准许幼童入住。”

“噢，他非常成熟的，”阿明的母亲很快接口，“他不会给大家造成任何困扰，幸好他像他爸爸。”她咯咯地微笑，“而且他也是个好学生。”

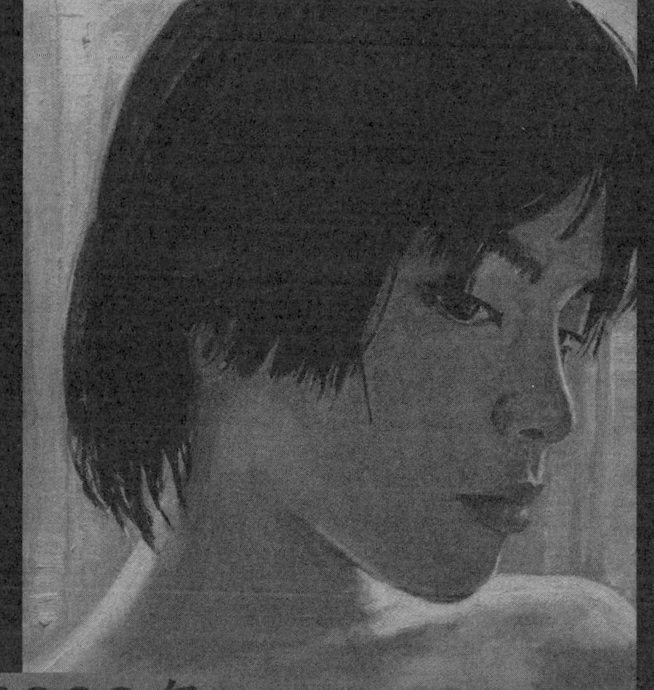

1988年
东京西巢鸭
弃婴事件始末

《无人知晓》附录手册

中生身份开始新的生活。两个身体状况不佳的妹妹在疗养院康复。睡在柜子里的次子和公园里的幼妹遗体，都已妥善交给筑地本愿寺。

回顾案件发生时，孩子们是如何看待母亲的？在他们被发现和保护后，接受问询时，都固执地相信母亲所说的话。

当问及妹妹的死讯时，两个稍大的女儿都没有流泪。她们曾眼睁睁地看着妹妹被虐待致死，看到妈妈把弟弟装进塑料袋。

据说在掩埋妹妹尸体之后，长子曾多次返回那座公园，看着躺在地下逐渐腐烂变成骨头的妹妹，他在想什么？

这一切，已无人知晓。

1988 年 1 月，女主回家，将情人电话告诉长子后，便彻底离开，搬去与情人同居。

1988 年 3 月，长子最后一次缴纳房租，而此时家里的水、电、煤气已经因为 3 个月没交费而被停掉。

母亲走后，长子继续负责照顾妹妹们，其间他结识了同样经常出入便利店的两个不良少年，很快他们成为朋友，长子经常叫两人到家中玩耍。

1988 年 4 月 21 日，三个人再次聚在家中玩耍时，发现之前买的杯面不见了。根据嘴角的海苔残渣，他们断定是饿得受不了的三女儿偷吃了。为了教训她，两个不良少年开始殴打尚才 2 岁的女孩。

长子一开始曾出手阻止，但后来想到年纪不大的自己照顾几个小孩的不容易，顿感生气，便参与其中，一起殴打自己的妹妹。随着虐待升级，他们不断把女孩扔来扔去，甚至像球一样用脚去踢，幼女终于停止了哭泣。

这时，意识到事情严重性的两个朋友找借口匆匆逃走，长子则赶紧开始做人工呼吸，又用被子把妹妹包起来暖身，但为时已晚。

之后，长子用塑料布包裹了妹妹的尸体，将其放入柜子中，但由于尸体腐败发臭，1988 年 4 月 26 日，他和那两念书，自己则在百货公司上班。

根据房东的描述，这对母子搬进来后，从 10 月开始，就再也没在公寓里见过租房的女人。次年 2 月开始，每月 9 万日元的房租缴纳也中断了。房东渐渐发觉那户很可能没有大人在家，后来又经常见有不良少年聚集，没有办法，只能报警。

当房东带领警察打开公寓房门的时候，他们被眼前的景象惊呆了。

房间里堆满了垃圾，散发着恶臭，脏衣服遍地都是，屋子里凌乱不堪，卫生间的污物甚至流到了客厅，空气中充满了混杂着粪便、泔水和霉菌的可怕气味。

屋子里盖着被子躺着两个女孩，她们瘦得可怕，似乎长期营养不良，也白得病态，好像很久没有晒过太阳。

厨房里，一个初中生年纪的男孩，正在收拾剩饭，似乎正是女房客的儿子。屋子里早已断电，煤气和电话也都停掉了。

母亲去哪儿了？屋子里这两个陌生女孩是谁？面对警察的问询，男孩称：母亲在大阪出差，两个女孩则是母亲同事寄养在家的。

房东看孩子们饿得可怜，从家里拿来一些香蕉，他们像好久没吃过饭一样狼吞虎咽。

《无人知晓》是是枝裕和的第四部作品，电影剧本以1988年在东京丰岛区发生的“西巢鸭弃婴事件”为原型写就。

影片中，在商场工作的母亲与不同的男人生下了四个孩子，长子，次子，长女，次女。在搬进了新公寓之后，母亲把他们留在家中。她谎称要去出差，实际上是与新交的情人在一起生活。四个孩子都没有户口，因此不能去上学，他们待在家中，靠母亲偶尔寄来的钱维持生活。

时间过去了大半年，有一天，无人监护的小女儿踩空椅子，在家中丧命，长子把妹妹的尸体用行李箱带出门掩埋。故事平静地结束在剩下的三个孩子依旧无人知晓的生活中，他们拎着水桶，继续在街头讨饭。

夏日的午后，舒服的阳光，嬉闹的孩子们，结伴走远的背影，是枝裕和用备显温情的处理留给四个小孩成长的机会，也带给观众一丝希望。

然而，还原当年“西巢鸭弃婴事件”，其背后的真相远比影片呈现的更为残酷。

1988年7月17日，东京丰岛区西巢鸭公寓的一位房东向西巢鸭派出所报案，称在其公寓租房的女子失踪了。

这名女房客带着儿子自1987年9月起在公寓二楼租住了一个房间。据她所称，丈夫已经死了，孩子在立教中学个朋友一起搭电车将三女儿弃尸，埋于秩父市的公园内。

审判从夏天开始。

1988 年 8 月 10 日，东京地检以伤害致死、遗弃死尸的罪名对长子发起诉讼，同时以母亲教育不当为由申请将长子送往教护院，希望他能得到充分的教育。对同犯的不良少年 2 人，则免除刑事惩罚，改为送到巢鸭警署接受辅导。

1988 年 10 月 26 日，当事母亲以遗弃罪、间接伤害致死罪被判处 3 年有期徒刑，缓期 4 年执行。法官的判决理由是，虽然情节非常严重，但是犯人事后有明显悔过，并且发誓在与现在的情人结婚后抚养和教育两个女儿，因此网开一面，对她从轻处罚。

事件曝光后，舆论的批评聚焦在这位抛家弃子的母亲身上，根据多方证词，在将孩子遗弃之前，她和长子被男友抛弃后，女主也曾有过拼命活下去的想法，甚至曾出卖身体和偷窃，以抚养孩子。

另一方面，女主的“不负责任”也引发社会各界的愤慨，长期以来，她一直把照顾孩子的负担和繁重的家务扔给长子，虽然她声称自己在给钱。此外，不给孩子们办理户籍，更可以说是终极的虐待，抹掉了他们的存在本身。

如今，事件中的长子已经拿到户籍，早已以能入学的初之后，母子二人在东京市内几次搬家，没钱吃饭的时候女人会去卖身或者偷东西，甚至还被警察逮捕过几次。

1981 年至 1986 年，女主先后生下长女、次子、次女和三女儿，四个孩子都在家中出生，都没有出生证明。

1984 年 9 月，次子出生。次年 2 月，女主下班回家，发现刚满半岁的儿子含着奶瓶死在家中。她不知如何处理，就用塑料布将孩子尸体包起，藏在柜子里。

1987 年 9 月，女主带着四个孩子搬到西巢鸭公寓居住，次子的尸体也被装在塑料袋中与行李一起运到新居。她向房东撒谎说丈夫已经死了，只有长子和自己一起住，而自己在商场上班。搬家当天，他们设法将其他三个孩子悄悄带进了公寓。

住进新公寓后，女主告诉长子，因为手续问题，他现在不能去上学，并买来书要他自学。在母亲外出工作时，这些年都在照顾弟弟妹妹的长子继续承担家长的角色，他安顿年幼的妹妹们，给她们买菜做饭、换尿布，深夜去便利店买打折的食物。

不久，女主结识了在千叶经营海鲜加工企业的情人。之后，她经常以去大阪出差为由离开家，但时不时会在外面和长子见面，留下两三万日元的生活费。

隔天，7 月 18 日，警署的女性工作人员再次到访公寓，给孩子们带去食物。吃完之后，年纪较大的女孩告诉了警察自己和妹妹与男孩是一家人的事实。

随后，警察在房间柜子里发现一具已经变成白骨的男童尸体，后来被证实是这家的次子。在警方协助下，两个女孩被福利院的工作人员送往新宿区儿童中心，长子则被单独送往八王子市儿童中心。

在接受问询的过程中，长子声称自己在立教初中读初三，但经过调查，他并没有在上学。和哥哥一样，两个分别是 7 岁和 3 岁的妹妹，也都没有上幼儿园。除长子外，其他孩子都没有在公寓登记，孩子们甚至连户口都没有。

7 月 23 日，正在千叶县与情人同居的孩子母亲从电视报道中得知事发，因为觉得太过丢脸而没有自首。随后，她被警方以非法遗弃儿童罪逮捕。经过对母亲的审讯，柜中发现的男童尸体的身份得到了确认。她供认，那是 1984 年自己生下的“次子”。此外，警方震惊得知，原来这个家里曾经还有一个三女儿的存在。

原本应该也在屋中，如今却不见踪影的三女儿在哪里？案发当时，家里最小的孩子已经被埋在了秩父山区寒冷的土壤中。

7月25日，在问询中，长子供述了自己伙同两个不良少年虐打2岁妹妹致其死亡并埋尸山野的全部过程。

他为什么要伤害自己的妹妹？被藏在柜中的“次子”是如何死亡的？这位母亲，也就是当事女主，为何做出如此不负责任的行为？年轻的她究竟经历了什么，才如此“只生不养”？

时间回到1968年。

女主毕业于川崎的一所私立高中，之后就读于与时尚相关的职业学校。从高中开始就擅长唱歌并渴望进入娱乐行业发展的她在1966年以歌手身份出道，当时确实出过几张专辑，但两年后还没有走红就放弃了。

1968年，女主成为一名百货公司销售员，并开始在川崎市与一男子同居。两人生了一个男孩，但由于婚事遭到双方父母的反对，又因男子的债务问题，无法承担高额的育婴开销，他们只好把孩子送养。

1973年，女主与同一个男人的第二个孩子（电影中的长子）在东京足立区出生。尽管孩子生于医院，却没有拿到出生证明。当时，男人骗她说已经做了入籍登记。但是当孩子长到6岁时，还没有等来入学通知。此时她才发现被骗，而男人已抛下母子二人离开。

1988年
东京西巢鸭
弃婴事件始末

我问午夜的天空，

只见星星不断闪烁。

天使是否能回头再看我一眼，

是否愿意常驻我心中？

对话持续了好长一段时间，才有一搭没一搭地逐渐结束，其间伴随许多客套的鞠躬、微笑和感谢。最后房东总算关上了门。阿明和母亲一起走到搬家货车那儿。那是一辆小型货车，上面装载着满满的箱子和家具。

两个大号行李箱最后才搬进屋内。其中一个是桃红色的，有硬壳；另一个则是棕色的，体积较小。

“我们自己搬剩下的行李就好。”阿明告知搬家工人。他和母亲谨慎地将行李箱扛下货车。行李沉甸甸的，要搬上狭窄的楼梯可以说是相当困难的。他的母亲不是很强壮有力，搬行李时总会撞上墙壁，阿明看了都不禁往后缩好几步。

“你看见房东太太年纪有多小吗？”他们

终于将行李推上走廊，他的母亲小声说，“他一定是再婚，我猜他头一个太太已经过世了。”

但阿明并未认真听她说话，他的手忙碌地搬运行李箱，动作轻柔地把行李推进公寓。

他们总算关上门，离开搬家工人的视线。此时此刻，桃红色的行李箱开始前后晃动。

“我们这就来了，小茂！”母亲说，他们向前奔去，小心地将行李箱由侧边放低，“等等。”

她弹开行李箱搭扣，掀起盖子，八岁的小茂随即跳出来，脸上挂着一个大大的笑容。

“我们顽皮的小男孩来了！里面热不热啊？”

“热死了。”他两只手抓了抓脑袋，强烈的光线让他眨着双眼。

同时，阿明已经拉开棕色行李箱的拉链。行李箱里头装着的，正是四岁的小雪，她像朵花苞般蜷曲起身子，怀里还抱着一只粉红色的小兔布偶，但她的眼睛睁得很大，脸上带着微笑，一缕头发黏在她湿热的脸颊上。

这下阿明总算可以放松，不用再屏息了，他把小雪抱出了行李箱。

“你也很热吗？”母亲给小雪一个大大的拥抱，小女孩点点头。“你做得很棒哦！”

“我们在哪里？”小雪环顾堆满箱子的房间，问道。

“这里是我们的新家，我们住在二楼，二〇三号。”母亲抬起头，看见小茂蹦蹦跳跳地跑到阳台，“小茂！快回屋里来。阿明，快把他带进来，如果被人瞧见了，我们恐怕得再搬一次家。快过来啊，你可以把玩具拿出来啦。”

阿明领着弟弟回到屋内，关上了阳台的门。

“我可以去接京子了吗？”他问。

“可以了，但要小心，你知道要怎么到车站吗？”

“我知道。”

他几乎一整路都在奔跑。

到了车站，他看到妹妹孤零零一人，坐在车站里等待。

“你好慢。”她站起来时说道。她只有十岁，但几乎和他一样高了。

“对不起。”

“公寓怎么样？大吗？”

“挺大的。”

“那儿有洗衣机吗？”

“在阳台上。”

“是吗，在阳台上啊？”

他们回到公寓外，京子先在楼下等着，阿明则先检查走廊是否有人，好让她可以安全通过。

他们总共有五个人，这样看来，公寓也不如想象中大了。公寓里有一个大房间，房间一侧的尽头是厨房，有一张餐桌和几张椅子；另一侧则是通往阳台的拉门，以及用来睡觉的榻榻米，角落里摆放着一台大电视。还有一个小房间，里面有橱柜、母亲的梳妆台和浴室。

对阿明来说，这些都不重要。只要大家能够在一起，一切都很美好，大家争论着汤里是否该放胡萝卜、谁又吃到了最大碗的面，抢着用大人的筷子。

他们围坐在拥挤的餐桌前用餐，只有四把椅子，小茂跪坐在一把歪斜的黄色折叠凳上吃饭。母亲看起来很开心，她能与他们嬉闹玩乐，这种感觉真的很好。

饭后，母亲放下筷子，要大家认真听她说话，她的声音忽然变得严肃。

“既然我们已经搬进新家，”她说，“那么，我要再一次跟你们解释规矩，你们要保证遵守，可以吗？”

他们点点头，心里都明白规矩的重要性。

“第一，不准吵闹大叫。”

“小茂也是吗？”

“小茂尤其是。第二，不许到外面去，连阳台都不可以。你们做得到吗？可以向我保证吗？”

“那京子要怎么洗衣服呢？”小雪问。

“京子会小心翼翼地溜出去洗衣服，但小茂和小雪，你们两个一定得待在屋里。阿明，全交给你来负责。然后好好念书，懂了吗？”

小雪望向其他人，代表大家，上下来回地点着头。

“那你呢，我的小茂怪兽？”母亲说，“你是最需要好好答应我的，绝对不能去外面，你做得到吗？”

小茂皱起鼻子，挤弄出他的怪兽表情，来回点着头，大声地吸溜他的面条。

母亲严厉地看着他：“记得上一间公寓吗？就是因为你胡乱发脾气，害我们不得不搬家。我们现在搬进这么棒的新家了，你可要答应做到啊。”

大家的眼睛都紧紧地盯着小茂。

“要是我们想笑呢？”他终于忍不住问了。

“我们就喂你吃青椒和胡萝卜！”

“不，不要！我不要吃青椒！”小茂左右摇着头，咧着嘴笑了。

“我们就给小茂奉上青椒惩罚！”母亲说，“如果这招不奏效，那下次你再敢发脾气，那就……装进行李箱。如果他开始吵闹，就把他装进行李箱里，知道吗？”

“这个点子不错。”阿明和其他人点点头，小茂也咧嘴笑了出来。

当晚，大家并排躺在榻榻米上，枕头和被褥组合成的小窝很舒适。

“妈妈？”开口的是京子，她的腹部贴着榻榻米趴卧着。

“嗯？”

“榻榻米垫闻起来好香啊。”

“是吗？像什么味道？”

“像是大自然里的树叶。”

“因为榻榻米还很新啊，还是青绿色的，会让你美梦连连。”

阿明转过头，深吸了一口气。榻榻米的味道真好。他闭着双眼，聆听家人此起彼伏的呼吸声。

在这儿一切都会好转的。对他们来说，这会是个崭新的开始。没有为什么，他就是知道。

※

第二天早晨，阿明一边刷着牙，一边看着母亲化妆。她看起来很漂亮，长而茂密的秀发框出脸庞的轮廓，她穿上她最喜爱的衬衫，那是一件黑色的柔软上衣，带着白色花朵及皱褶。衬衫让她看起来格外美丽、修长，又年轻。

“你今天会很晚才回家吗？”他问她。

“很晚？”她的身子朝向镜子微倾，十分认真地化着妆，手中举起神奇的小小魔法杖，仔细地涂上唇膏和睫毛膏。她的梳妆台上凌乱地摆放着小罐子和香水瓶。

她思忖半晌。“让我想想。今天是什么日子？哦，我想是吧，也许我会晚回家。”

“那你想要吃晚餐吗？”他问。若母亲很晚才回来，他就不煮饭了，也许只会煮四人份的面。

“晚餐吗？今天晚上吃什么？”

“大概是咖喱吧。”

“咖喱？好啊，我想吃咖喱！麻烦帮我留一些。”

随后她就出门了。没等关上大门，她就已经踩着高跟鞋穿过了走廊。

“喂，妈妈已经出门了吗？”京子问，她正睡眼惺忪地躺在地板上。

“她刚刚出门。”

京子立刻从地板上弹跳起来，然后跑到窗边，但母亲已经走过运河上的桥。母亲几近奔跑起来，恐怕是快迟到了。

在公寓里，需要做的事情可不少。阿明摆放好碗盘和厨房用具，折叠起空箱子，接着拿到走廊上。小雪和京子则慢条斯理地取出她们的书本和玩具，京子找到一个角落，可以放置她最珍贵的宝贝——一架闪闪发亮的红色玩具钢琴。

即使他们已取出最重要的物品，公寓的墙边仍然堆放着许多箱子和行李，仿佛他们随时准备好再搬一次家。

小茂大多数时间会做的事情，无非就是妨碍大家做事、扫光冰箱里的零食和饮料、将机器人玩具散落一地。他们不止一次把他关进行李箱，但他丝毫不以为意，最后甚至把行李箱视为王座，躺在电视机前面，拿起遥控器拼命换台，一个节目又一个节目地换着。

到了下午，阿明便外出探险采购。他们的

新公寓就在运河旁边，邻近忙碌的商业街，那儿有便利商店、五金行、电动游戏店，可说是应有尽有。

他思索着脑海中的清单，试着想起他需要购买的东西。他答应小雪要买她最喜欢的阿波罗巧克力——草莓口味的小型巧克力糖，形状是粉红色和棕色的小小宇宙飞船。小雪可以玩上好几个钟头，并将它们排列放好，数着数字，然后一口气吃光。这个他绝不能忘记买。

他谨慎小心地购物，他知道该如何合理地使用生活费，毕竟一家五口的开销可是很大的。他闻了闻柿子，按了按梨子，轻轻捏了捏西红柿，以判断它的成熟度。最后，他前往离家最近的便利店给小雪买糖果。

当他回到家时，已经夜幕低垂。京子洗完

衣服，便帮阿明准备晚餐。厨房的空间狭小，但他们还应付得来。京子煮了白饭，阿明则负责洗马铃薯、切蔬菜。公寓里飘散着一股辛辣的香气，咖喱是阿明最擅长的料理之一。

他知道不是每个十二岁大的孩子都得每晚帮全家人买菜煮饭。与他年纪相仿的男孩，生活大多都围绕着课业和运动，但要是他们想要全家一起生活，这也是没有办法的事……

“你还好吗？”京子看他擦拭眼睛时问道。

他点点头，这只不过是切洋葱引起的泪水。

小茂从角落探出头来。

“放胡萝卜了吗？”

“放了。”

“那我不要吃。”

“不行，你得吃胡萝卜。”阿明说道。但

他知道即便如此，结果也不会不同，小茂只有在非常、非常饥饿的时候，才愿意吞下蔬菜。

母亲回到家时，已是三更半夜。碗盘已经洗刷干净，没吃完的胡萝卜也扔进了垃圾桶里。京子穿着睡衣，用塑胶制的衣架挂起湿袜子和内衣裤，再把它们挂上窗帘杆子。两个最年幼的弟弟妹妹早已在阿明的督促下洗澡刷牙，进入梦乡了，而现在阿明正试着完成功课。

“她回来了！”京子在窗边悄声地说。她跑到门边，聆听走廊上的脚步声，她的手放在门把手上，当母亲一到达家门口，她便立即拉开大门。

“我回来了！”母亲一边大喊，一边脱去脚上的鞋，“哇，外面真的好冷，不过家里好暖和啊。京子，你怎么还没睡？”

“我在晾衣服。”她转身面对炉子，热起咖喱。

“真是个好孩子，”母亲摸摸她的脸蛋儿，微微笑着，说，“谢谢你。你在煮什么？”她闻了闻锅子，“嗯，好香啊。我可以吃一些吗？”

她把包包和披肩扔在黄色的小凳子上，在阿明身边坐了下来，靠过去看阿明的笔记本。

“我这道题做对了吗？”他问。他知道答案其实就在书本后面，但他喜欢母亲帮他解题。“我讨厌数学。”

“拜托，六乘以六等于……”她用铅笔戳戳他，搔得他很痒，“快点啊，你知道答案的……”

就在此时，她的手机响了。她的手立刻伸进包包里，翻找她的手机。她的手机上挂了一个夸张的粉红色绒球，这让她老是无法顺利地找到手机。

“喂？我听不清楚你说话……”京子把咖喱端到妈妈面前，妈妈的脚步却往旁边挪动。

当母亲移至另一个房间试着听清楚电话那头的声音时，阿明也偷偷听着。

“什么？你说你人在哪里？你那里好吵……什么，卡拉OK？不，我不能去……太晚了。你说什么？还有谁在那里？真的吗？真是太可惜了……”

她关上家门离开。阿明低头望着他的笔记本。

忽然，笔记本页面上的数字，全部扭曲变形，犹如一种陌生的语言。

※

次日清晨，当阿明睁开双眼，耀眼的银白色的光线穿透窗帘。他听着周围的声音，其他人的呼吸声轻柔而沉稳。全家人挤在一起睡觉，这种感觉很温暖舒服。小茂就睡在他的旁边，其他妹妹则睡在妈妈那一侧。

母亲在沉睡的时候，看起来格外年轻。有些人说她和京子、小雪根本就不像母女，而像姐妹。只要一有人这么说，她就会忍不住咯咯笑，脸颊还会因开心而显得绯红。

他现在望着她。母亲的双眼紧闭，手背靠在额头前方，不带一丝妆容的脸蛋，看起来既光滑祥和又……

起初他以为是光线的问题，但其实不然。事实上，确实有一颗泪珠自母亲的脸庞滑落。

她在哭泣。他们总算搬到属于自己的住处，能够一起生活，而她却在哭泣。

她叹了口气，坐起身子，像个孩子似的举起拳头揉揉眼睛、伸展双臂，然后分别看着自己的四个孩子。

当她转头看向阿明时，他的眼皮已经合上。

一个小时之后，阿明被小茂打开电视的声音吵醒。阿明卷起床垫，接着穿好衣服。他的母亲则和妹妹坐在梳妆台前，做些女孩儿喜欢做的事。母亲用小雪最喜爱的猴子发夹帮她扎马尾，也在兔子布偶的耳朵上别上一个发夹。京子玩着母亲的化妆品，打开一个又一个漂亮的罐子，朝里头闻了闻。

京子突然盯着镜中的母亲。

“妈妈？”

“什么事？”这时母亲开始帮京子扎起头发，顺着她的耳后，梳直两边的头发。

“我想去上学。”

母亲停下梳理头发的手，皱起眉头。

“上学？”她又继续梳起头发，动作却变得粗鲁，“上学不好玩的，而且，你没有爸爸，其他孩子会取笑欺负你的。你不用去上学。”

阿明看见妹妹失望地垮下脸，他知道京子是多么想要上学。虽然他竭尽所能把自己认的字全部教给她，但到现在京子仍旧不识字。她想要学习弹奏钢琴，也想要有知心好友。

她不能尽如己意，他们都一样，真是叫人

难过。

稍后阿明晾起被褥，母亲也走到阳台上，让温暖的太阳照耀他们的脸庞。

他的母亲将下巴靠在栏杆上，脸埋进被子里。

“闻起来很香吧？”他说。

“都是阳光的臭味儿，”她对着太阳眯起双眼，“真是美好的一天。”她叹口气，目光带着如梦似幻的恍惚神情。

这从来都不是好预兆……

“我有件事情要告诉你，阿明。”

“是什么？”他没有看母亲。

“你妈妈……陷入爱河了。”

“又来了？”

她看着他，然后噘起嘴唇。

“不，不是‘又来了’。这一次是认真的，对方真的很贴心，他很关心我，也很照顾我。所以这一次……如果他真的承诺……愿意娶我的话，那我们就能住进一栋大房子，然后你们都可以去上学了，京子也可以拥有一台真正的钢琴，还有……”她转过头，直直望进他的眼睛，“撑久一点，好吗？我觉得这一次是真的会成真，只是需要再给我多一点时间……”

他点了点头，然后把脸埋进被子里，嗅着阳光的臭味儿。

※

时间已经过了午夜，他们的母亲仍未返家，这周以来，她回家的时间是一次比一次晚。

阿明坐在桌子边，看着弟弟和妹妹睡得又熟又沉。现在连京子也受够了，不再痴痴等着母亲回来。小茂的嘴巴张得老大，还反复踢着脚。京子趴在榻榻米上睡了，她的手放在母亲的枕头上。小雪紧紧依偎着姐姐，手紧紧握住她的兔子布偶。

阿明用力晃了晃脑袋，不让自己睡着，他努力试着做功课，但数字却在他眼前飘移。没有老师可以教导他，光凭自己从书本学习是很不容易的。

就在夜深人静的街头，他听见有辆汽车忽然

停下。他蹑手蹑脚地走到窗边，然后从窗帘后方偷窥街道。他的母亲正在向一台驶离的出租车挥手，手臂上挂着好几个白色塑料袋。她持续微笑挥手道别，直到出租车在街尾转弯离去。

阿明回到桌边，将头埋在手臂上，假装睡觉。他听见她摸索着门把手时，还在继续装睡。

“我回来了！”她冲进公寓时大喊道，把包包轻放在桌上，她搓揉着阿明的头发。

“我回来了！”她又说了一遍，轻轻地往床垫上坐下，对京子搔着痒痒，模仿小猫在她耳边喵喵叫，“你们睡着了吗？起来呀，孩子，我带了一些寿司回来，是别人送的礼物哦，快醒来啊！”

阿明看着他的母亲，她有些恼怒，双眼亮晶晶地发光。

他叹了口气，打开茶壶烧水，并拿出橱柜里的盘子。

京子坐了起来，揉了揉眼睛，问："现在吗？"

"这是别人送的寿司哦！"母亲说，"噢，你在睡觉吗？生气了吗？快来啊，小雪，来妈妈这里。"小雪爬到妈妈怀里，小茂则冲到桌边，翻看一盒盒的寿司。

京子跺着脚走到水槽边，倒了一杯水。

"她浑身都是酒味。"她压低声音对阿明说，然后把水杯递给母亲。

"给你，妈妈，喝水。"

"谢谢你，亲爱的。"她的母亲睁大双眼看着她，脸上大大的笑容慵懒歪斜，阿明最讨厌看到她这副模样，看起来既傻气又愚蠢。

“来吧，坐到我旁边，我很抱歉吵醒你们，只是啊，妈咪今天晚上很开心。”她的头靠向墙壁，两只手臂环抱着小雪和京子，她望向两个儿子，阿明正在取出茶杯。

“看看阿明，长大了呢，”她说，声音轻柔恍惚，“他越来越像他爸爸了，眼睛和他爸爸简直是如出一辙。”她转头看着小雪：“你哥哥的爸爸曾经在羽田工作。你知道羽田是什么地方吗？那里有好多的飞机呢。”

小雪微笑，开心地点点头，她最喜欢飞机了。

“阿明，你还记得吗？我带你去羽田机场找过爸爸的。”

“记得啊。”她把他的爸爸与小茂的爸爸搞混了，但他并不想纠正她，反正她现在已经烂醉如泥。

“京子，你的爸爸呢……是位音乐制作人。我想成为歌手，差那么一点点就成功了，我本来要录唱片了，但是最后呢……嗯，却在最后一刻落空了。”她叹了一口气，拍拍京子的手，“我知道了！咱们来给京子涂指甲油，你觉得如何呀？”

京子微笑地点头，她的母亲将手伸进提包里，取出一罐亮红色的指甲油，她握住京子的手，然后摇摇晃晃地开始帮她涂上。

“哎呀！我用太多了！”她咯咯地傻笑，指甲油滴在被子上，但她浑然不觉。涂完京子的左手后，她忽然失去兴致，头直接就往后倒在枕头上。

“没错，我本来可以当歌手的，”她自言自语，眼皮渐渐合上，“但最后落空了……”

阿明的手伸向后方，关掉正在烧水的茶壶，开始将茶杯归位。

小茂坐在桌边啃着寿司，直接就着盒子吃了起来，他脸上挂着开心的笑容。

是鲑鱼寿司，这是他最爱吃的。

※

第二天一早醒来的时候，阿明很惊讶地发现，母亲早已外出工作。他并没有把窗帘拉开，好让弟弟妹妹可以继续睡觉。他们昨天很晚才睡，况且，早起也没有事情可做，更没有他们能去的地方。

他走到冰箱前，为自己倒了一杯牛奶。过了一会儿，他才发现桌上的字条。他得高高举起字条，才能在昏暗的灯光下看见内容：

亲爱的阿明：

妈妈要离家一阵子。请好好照顾京子、小茂和小雪。

字条底下放了一个装满钞票的信封袋，阿明用手摊开整把万元钞票。

钱看起来很多，似乎可以用上好一阵子。

他不知道该如何告诉弟弟妹妹，所以起初对他们只字不提。

直到最后，当小茂和小雪在屋里忙着玩游

戏时，他走到阳台，京子正在那儿洗衣服。她很喜欢左手亮红色的指甲，还用手指搓掉斑驳的指甲油，想让涂得一团糟的指甲油看起来整齐些。京子的手指头很修长，跟妈妈的一样。她的红色指甲在阳光底下犹如宝石般闪闪发亮。

“我要出去买点东西。”阿明对妹妹说。

“好。”

“哦，还有，”他很快地补上一句，“妈妈这一阵子都不会回来了。”

“为什么？！”

“我猜应该是工作的关系吧。我走啦。”他钻进屋里，关上身后的玻璃门。

附近的便利店卖着所有他们需要的物品：杂货、玩具、一整架的杂志、可以外带的寿司和食物，甚至还有袜子和雨伞。

阿明慢悠悠地在店里闲晃，不慌不忙，最后停在一整架模型玩具前。他们甚至还卖变形金刚里的天火，这是他最喜欢的角色。等到他存到足够的钱，一定要回来买这个模型。

阿明付钱买了东西之后，便在漫画区停下脚步查看，很多孩子也站在杂志架旁闲晃，店员似乎也不以为意。

但他知道弟弟妹妹正在家里等他，所以过了一会儿，他就拿起袋子，步出便利店。

他还没走多远，便感觉到有人忽然扯住他的运动衫。

是便利店的经理。

“你跟我来，”经理说，他的手把阿明的身子转过来，沉重地压在他的肩头，“到我的办公室去。”

在便利店后方的办公室里，他的手探入阿明的袋子中，拿出三盒模型玩具，他把玩具排放在桌上，模型人偶排成一个小小的军队，然后他抬起头瞪着阿明。

“你以前做过这种事吗？”他声音粗哑地说。

“没有。”

“你是初犯？”

“我什么也没拿。”阿明不明白模型是怎么出现在他的袋子里的，但他明白他越少开口，越不容易出错。

“那这些是什么？”经理终于生气了，“你叫什么名字？”

“福岛明。”经理写下他的名字。

“学校呢？”

阿明不发一言，他紧紧握起垂在身体两侧的拳头。

“你父亲的名字呢？”男人逼问他。

“我没有爸爸。”

“没有爸爸？那你妈妈呢？”

“她外出工作一阵子。”

“她去哪里了？如果你不愿意说，我只好找警察了。”

阿明可以感觉到汗珠从他的肩胛骨滴落，他知道这意味着什么。他会接受更多的盘问，社会福利机构也会插手干预。上一次类似的事件发生时，他们四个孩子被迫分开一阵子，这让他的母亲濒临崩溃。

忽然，外面传来一阵敲门声，是其中一个店员，她有着很好看的笑容。她鞠了躬，有些紧张地步入办公室。

“有什么事吗？”经理大吼。

她又再次鞠躬。

“经理，这个男孩应该不是小偷，我猜是外面看漫画的男孩把玩具放进他口袋里的。”

“你说这不是他干的好事？”

“是的，我想不是他做的。”

男人叹了口气，懊恼地揉揉额头：“你怎么不早点说呢？”

“对不起。”

“别跟我对不起了。”他把手往下伸，捞起袋子还给阿明，然后指引他到办公室门口，“好了，幸好没有铸下大错。这是我们之间的秘密，知道吗？去吧，拿一些肉包走吧，当作是小小的赠品。”他转身面向店员：“快点啊，给他一些肉包。”

店员把肉包装进小袋子，阿明在一旁静静等候。

“谢谢你，真的非常谢谢你。”他接过肉包时对她说，向她点点头。当下他松了一口气，但离开商店时，双手仍旧无法克制地颤抖。

※

阿明曾经告诉母亲，他讨厌数学，但现在的他却不断地做着算术。不是在作业本里算数，而是反复地加减乘除，努力算清楚他们还剩下多少钱。他们缴了电费、房租，还了其他账单后，还有多少钱可以花在食物上。

有些时候，他觉得自己就像活在数学题里：阿明在超市花了七百四十元，他的钱包里还剩下六千五百元，请问阿明的钱包里一开始有多少钱？

最糟糕的莫过于妈妈何时才会回来，他们一无所知。

等到他们只剩下最后一万元的时候，阿明决定采取行动了。

在转了好几次地铁之后，阿明才在城市另一端的某家出租车行里，找到小雪的父亲，事实上并不难找。大多数的出租车都已经出班，阿明找到他时，他正在出租车上，躺在乘客席呼呼大睡。他的嘴巴微张，肥胖的肚腩撑得制服仿佛快要裂开。阿明敲敲他的车窗，里头却毫无动静，所以他只好坐在路旁堆起的轮胎上等候。

他总有醒来的时候吧。

阿明总算等到小雪的父亲醒来，但他却对阿明视若无睹，直接走进了室内的洗手间。但阿明仍旧耐心地等着。等他回来时，他再也无法假装看不见阿明。

他们一起坐在出租车里，小雪的父亲手里把玩着手机，无奈地叹了一口气。

“你母亲怎么样了？”

阿明不想浪费一分一秒：“她一个月没回来了。”

“你在开玩笑吗？”他的目光避开，不看阿明，“你几岁了，阿明？”

“十二岁。”

“那小雪呢？她长得像我吗？”

真是愚蠢至极的问题。这家伙甚至不曾跟他们住在一起。在他爬满横肉的脸上，眼睛变成两条细长的裂缝，真的难以想象他会是小雪的父亲。

“是的，她长得像你。”

他朝嘴里丢了一片口香糖，也没有分给阿明一片。

阿明立刻明白，这一切分明是无望之举。这家伙充其量就是个浑蛋。

他离开小雪的父亲，让他继续盯着自己的手机。阿明则迈向地铁站，查看口袋里的另一个地址，花了好长时间，认真研究地铁路线图。

阿明来到位于地铁线另一端的小钢珠店，店内拥挤嘈杂不堪，空中烟雾弥漫。照理说，小孩不准许进入这样的场所，但阿明来回走过一排又一排的走道，经过一个又一个客人身边，却没有人抬起头来，多看阿明一眼。他们正忙着往机器里塞硬币，如此一来才能控制击槌，努力不让一颗愚蠢的小钢珠不幸落入沟槽中。

为什么不玩电动玩具呢？阿明暗自想，电动玩具比较具挑战性，也比较有意思吧。

他在一列拥挤的过道上，找到他的爸爸。他正在清空一台机器的硬币，看见阿明时，他快速地挥挥手要他走开，示意他到外面等候。

阿明在停车场等待父亲结束轮班。这时天

空已经开始飘雨，他在脑海中练习着他想要说的话。这次他绝对不能空手而归。

他的父亲匆匆忙忙地跑了出来，接着往贩卖机的方向走去。

“该死，我还缺十元。阿明！借我十元。”

“十元？”他难以置信，父亲竟然伸手跟他要钱，但他还是掏出钱包。

“快啊，有什么大不了的事？还有，你是在哪儿买的这种怪钱包？”

“是妈妈的，她的旧钱包。”

“谁的？”他抛给阿明一罐饮料后，两人靠在停车场的墙上，看着冰冷的雨水从天空飘落。

“我妈妈。”他的父亲几乎与小雪的父亲一样糟。但这次阿明才不会让爸爸随便搪塞打发他。

“你们搬家了，对吧？”他父亲说，“新家大吗？你开始发育了没？”

“什么？还没有……”

“骗人，我五年级就发育了。”

阿明斜眼看着父亲。也许这就是所谓的父子间的对话，但他又怎么可能知道什么是父子对话？

“不可能吧？”他说。

“是真的，小子。”

他们沉默半晌。阿明手中的饮料就快要见底了，他必须开口。

“是这样的……妈妈离家之后，呃，我们就没有钱了。”

“你在开玩笑吗？听着，我可没钱。你还

剩下多少？”

“大约一万元。”

“这还不算差啊。喂，我可是自身难保。我女朋友刷爆我好几张信用卡，我现在也有一堆卡债要处理，小子。这也是为什么我这么努力工作，全因为我得努力还债啊。”

阿明沉默不语，只是站在原处，双眼直勾勾地望着父亲。

“好吧。”父亲最后终于妥协。他的手伸入口袋，递给阿明一张皱巴巴的钞票。“这是我身上仅剩的钱了，小子，就这样，这可是最后一次了。”

“谢谢。”

“没问题。”他伸出手摸摸阿明的头，简直与真正的爸爸没有两样，“哦，另外我要告诉你，小雪不是我的孩子。我每次和你妈上床时，都戴了安全套。”他把空罐子扔出去，罐子划过半空中，最后分毫不差地落入垃圾桶。他走回小钢珠店之前，又对阿明挥了挥手。

阿明看着手中的钱，五千元。他把钞票塞进口袋深处，注视着垃圾桶，瞄准，手臂往后拉，朝目标投掷。空罐子先是撞上墙壁，接着应声落在巷子的地面上。

“我真是没用。”他自言自语，快步过去拾起罐子，重新投进垃圾桶。走进大雨之前，他颤抖着身躯，拉起夹克的衣领。

“天啊，好冷啊。”

※

十一月初的深秋，她就像一只仓皇的鸽子，匆匆忙忙地闯入公寓，挟带着寒冷的气流，一阵慌乱中，她手上的袋子沙沙作响。

“我回来了！”她大叫着，仿佛只是结束了一天的忙碌工作后，正准备回家吃晚餐，“你们都还好吗？”

当她提着购物袋挤进室内时，阿明只是僵硬地撑着大门。弟弟妹妹开心地跳上前迎接她，京子本来正在和小雪看相册，这时她缓缓地合上相册，没有起身。

“你们看，我回来啦，”母亲又大喊一次，“看呀，我还带回了礼物呢，这个是给小雪的，这个给小茂。阿明，我回来了呀。”她转身面对阿明，并且朝他伸出双臂，他却在她碰到他之前往后退开。

“好久不见了，阿明。”她说。阿明不想看她的眼睛。

她要孩子们立刻拆开礼物，京子和阿明也得加入。两个弟弟妹妹很开心，小雪背上她的新双肩背包，背包上面有只泰迪熊。

“你瞧瞧，”母亲说，“你可以把你的东西都放进里面，然后背在背上。”

阿明和京子面面相觑，小雪要背包做什么呢？她连公寓都不能离开呀。

过了一会儿，母亲帮两个儿子理发，仿佛她从未离开过。有她在家，公寓中弥漫着一股不同的气味，充满香水的花香味和澄净空气的味道。

母亲修剪并梳理孩子的头发时，小雪紧紧依偎在她身边。

“你的表情是怎么啦？”母亲看到小茂检视镜中的自己，用手搓揉自己的平头，“很可爱呀，我是说真的。小雪，你不觉得哥哥短发比较好看吗？你喜欢哪个呢，短发还是长发？”

“长发。”

“那京子你呢？”京子正在晾衣物，她没有搭理妈妈。

“真不巧，我反正是要剪了。好吧，换阿明吧？”

他一句话也说不出口。她剪得太短了，但他能说什么呢？

从镜子里，他看见京子缓慢步向母亲的提包，她将手伸入包包中，取出那瓶红色的指甲油。京子旋开盖子，闻着指甲油的气味。浓烈的指甲油味道充斥着整个房间。

忽然，指甲油的瓶子从她手中滑落，京子惊讶地倒抽一口气，低头看着木地板上那摊闪亮亮的血红色指甲油。

“喂，你这是在做什么？”她的母亲皱着眉头冲了过去，“别乱碰我的东西！”她抽出好几张面纸，开始擦起地板上的污渍，却越帮越忙，“瞧瞧你做的好事！都是你的错。现在擦不掉了！”

“你去哪里了，妈妈？”京子问，她的语调平淡，带着一丝僵硬。

阿明屏息以待。

“什么？我告诉过你们了，我去工作啊。”

“去了整整一个月？”

“我人在大阪，太远了。”她继续擦拭地上的指甲油，却用了过多的面纸。

她难道看不出来吗？她只是让情况越来越糟而已。

“我告诉过你，不许动我的东西的。”她收起面纸，跺着脚离去。

京子手中仍握着指甲油的盖子，上面有个小刷子。阿明看到她注视着地板上指甲油留下的那块污痕。

她在一根手指的指甲上涂上一抹艳红。之后盯着它，许久许久，都无法移开视线。

※

第一个注意到的人是小雪，就在母亲回来几个小时后。阿明和小茂在玩小茂的新遥控机器人，京子则在她的小钢琴上弹奏零散的音符。

他们几乎都要忘记母亲已经回来了。

但小雪却不断地观察母亲。

“你在做什么？”她问。母亲正从衣柜里拿出衣服，叠起衣服，然后放进一个行李袋里。

“什么？哦，是这样的，妈妈要外出，所以我在打包行李。”

阿明站起身。她回来还不到一天呢。

“你又要走了吗？”小茂问。

“妈妈今天……很忙。不过，不用担心，

我会回来过圣诞节的。”

阿明陪她走到车站。母亲想要他戴上她为他买的围巾，所以阿明戴了。围巾的颜色橘白相间，看起来就像是女孩子的围巾。

“只有五千元吗？”当阿明告诉她，他去找过父亲时，她如此反应道，“他应该多给你一些的。我是说，你们还是孩子，况且你们生活很辛苦。不过，在这么艰辛的时刻，小钢珠店和出租车确实也拉不到什么生意。不过往后一旦有需要，你还是尽管去找他吧。”她不住地颤抖着，将外套往脖子拉紧，继续往前走，“真的好冷啊，风也好大。”

阿明停下脚步。他盯着母亲的背影，觉得自己必须开口了。

“你告诉你男朋友我们的事了吗？”

他的母亲顿时停下脚步，他看得出她的肩膀僵硬。她深吸一口气，感到气恼。

“我告诉过你，等时机成熟了，我自然会告诉他……”她又继续往前走，这下脚步更快了。

他们走进车站附近的甜甜圈连锁店，她买了一个甜甜圈给他。他们面对面地坐下，她看着阿明吃。他注意到她眼睛下方的黑眼圈，她的妆也不像以往那么浓。

甜甜圈的味道甜滋滋的。他咀嚼着，面包团在他的喉咙里，黏成一颗黏糊糊的球。

“你的嘴唇上有糖霜。”她取笑他，伸出手想帮他抹掉糖霜，阿明马上扭开头。

“天啊，你怎么这么惹人厌呢。”她说。他知道她想在道别前，跟他愉快地共度时光。

他是真的受够她了，但她是他的母亲，也是他们在世上仅有的一切。

“听着，”他最后终于开口，“我们一直问你，你什么时候才愿意让我们上学？”

她翻了翻白眼：“你们一直吵着要上学，这是怎么回事？你们想怎么着？谁需要上学呢？很多出名的人物都没上过学呀。”

“比如谁？”

她嘟着嘴，噘起她的下嘴唇，跟小雪生气时的模样如出一辙。

“我怎么会知道？不过真的有很多……”

“你真的好自私，妈妈。”总算，他说出口了。

“你怎么可以说这种话？”她开始抱怨。

“你想知道谁才自私吗？你父亲，他才自私。他自私得不得了，突然就消失得无影无踪，这算什么？难道我就没有幸福的资格吗？这算什么？”她手臂交叉，背部往椅子上一靠，不愿意看他。

沉默在两人之间扩散蔓延开来。

“我知道了。”她唐突地出声说。他抬起头。“我想到一个名人了，日本田中首相[1]。你听说过他吗？”

“没听过。”她在胡扯什么？

“你还太年轻了。好吧，那么……安东尼奥·猪木[2]呢？”

---

1 指田中角荣，政治家，日本第 64 任、第 65 任首相（内阁总理大臣）。

2 日本职业摔角运动员。摔角，区别于摔跤，是一种更娱乐化的格斗赛。

他的嘴角忍不住上扬。摔角选手吗？他跟这整件事有什么关系？他的母亲就是这样疯疯癫癫的……

“我猜猪木从未上过学，”她说，“我不是很肯定，不过……”

“他肯定上过学。”阿明还是忍不住笑了出来。

“我的天，你还真没意思。”她说，“快点，吃完你的甜甜圈。”

在车站，他看得出来，她急匆匆地想要离开。

“我会寄钱给你们的，”她说，“很快。”

“你圣诞节会回来吗？”他问母亲。她伸手揉揉他的头发，这一次他不再闪躲了。

“当然了，我会回家。很快就会回来的。

好好照顾弟弟妹妹们，好吗？”

她提着行李，通过旋转门，消失在人群中，他的视线里很快就没了她的踪影。

1,200
¥ 2,000

第二章　冬日

随着十一月过去，天气也变得越来越冷，但他们四个人还熬得过去，因为母亲寄了更多钱回来。现在连小茂都习惯了室内生活。他开始跟自己说话，并且拿出棋盘与自己下棋，用自创的语言自言自语。他会移动棋子，然后跳起身，换到棋盘另一侧。

小雪画了好多幅画——大都是同一个微笑

的女人，她有着大大的黑眼珠、艳红的嘴唇，以及长长的鬈发。京子将画贴在冰箱和墙壁上，直到微笑的女人占满公寓的各个角落，从四面八方盯着他们瞧。

圣诞节的脚步越来越接近了，两个女孩开始布置起公寓，使用的材料有泡面盒盖上取下的铝箔纸、杂货上的贴纸、传单上剪下的彩色图片，等等。

“圣诞老人会来，对不对？”某天晚餐时，小雪如此问道。他们就坐在桌边，小茂将摇晃的黄色折叠凳拉过来坐。小雪不喜欢其他人占去母亲的位置，所以母亲的座位空无一人。

每个人的面前都摆着一碗泡面，热腾腾的，刚从微波炉取出来。他们得再等三分钟。小茂在餐桌上放了一个厨房用计时器，然后跺着脚，发出打鼓般短促的声响。他不断用筷子掀起泡面的盖子看，其他人都笑了，仿佛如此可以加快速度，让面条更早熟透。

泡面的分量很大，但京子仍旧煮了白饭。稍后小茂会在剩下的面汤里加上几匙白饭。他这阵子老是觉得特别饿，即使其他人都饱了，他还是感觉很饿。

“你觉得真的有圣诞老人吗？”阿明说着对京子露齿一笑。

“他是真的，这我知道。”小茂说，摇摇时钟，“还有一分钟！”

“就像UFO一样，圣诞老人也是真的？”阿明问。

“是不一样的。”

“不一样的。”小雪赞同地说。

“如果火星人是真的，那UFO也是真的。”

阿明说。

小雪看着小茂，但她的哥哥却紧盯着计时器。

计时器叮叮作响。

“面好了！”他大喊，然后撕开泡面的盖子，舔光盖子上的水蒸气。

“开动，”小雪说，“感谢老天爷给我们食物。”

“没错，开动。开始吃吧！”然后他们的脸全都埋进碗里。

※

她说圣诞节会回家过节，却未履行承诺。

圣诞夜，阿明独自外出。商店街点缀着塑胶的圣诞老人装饰品，以及闪闪发光的彩色灯泡。

在便利店外头，店员穿上圣诞老人的服装，贩卖着一盒两千元的圣诞节蛋糕。蛋糕以糖霜和草莓做装饰，这可是小雪最喜欢的。

阿明站在街对面凝望着商店，虽然天寒地冻，但他仍然坚持等下去，朝着手指头呼着热气。他多希望妈妈送给他的不是橘白相间的围巾，而是一副手套。

在关店前的一个钟头，店员总算降低售价，一盒蛋糕降至一千两百元，算是很划算的价格了。

当阿明走回公寓的时候，街上已经空荡荡的了，大家早就提前回到家中，与家人相聚。

在黑暗之中，他小心地平衡着手里的大盒子，在走下运河边的阶梯时，留心看着自己的脚步。

有个声音吸引了他的注意。他听见有东西掷入水中的沉闷声响。

他停了下来，抬头往上瞧。有个女孩站在运河上的桥中央，看似正把书包里的书一本又一本取出来往水里丢。

有谁会把书丢进水里？

她肯定是发现有人在看她。她转过头，在晦暗微弱的街灯底下，她的面孔有如鬼魅般苍白。当她见到阿明正注视着她时，便马上合上书包，在黑暗中，从他身边快步奔跑离去。

※

“她没有回来。”京子说。他们正一起洗碗，阿明放了太多洗洁精，要在狭小的水槽中洗净碗盘，变得非常不容易。

“她有工作在身，”阿明说，“这也是她要在外地这么久的原因。”

“是因为她上次回来的时候，我对她态度很不好吧。一定是这样，对吧？”

“不是的，事情完全不是你想的那样。”

京子放下手上的擦碗巾，默默地走开。留下他一个人，双手深陷在泡沫中搓洗着碗盘。

新年她也并未返家，更没有寄来压岁钱。

她每年都会给他们装有钱的白色小小信封袋，信封袋后面还小心翼翼地印上他们的名字。

这让阿明很生气，难道她连这点也做不到吗？

他在商店里找到专用信封袋，但他知道他的字迹不够好看，不愿意写上弟弟妹妹的名字，这也绝对骗不过京子的眼睛。

经过自助洗衣店时，他幸运地从窗口看到便利店那位和善的店员。她很乐意帮阿明的忙，阿明请她在信封上写下弟弟妹妹的名字。

“妈妈寄来新年礼物了！”隔天他向大家宣布，“你们瞧！”

他们全部飞奔过来，一个接着一个地打开信封袋。小雪收到一千元，小茂两千元，京子四千元。

“四千元啊！”阿明打开自己的信封袋时

惊呼，“小雪，你要怎么用你的压岁钱？”

“我要买一个洋娃娃。”

“小茂呢？”

“溜冰鞋。”

“京子呢？”他仔细注意京子的表情。她将信封袋放入她的藏宝盒，他知道她会将母亲给她的卡片，全部放入这个盒子里。

他看着她拾起一沓卡片，把信封袋跟其他卡片放在一起。她停顿了一会儿，然后抬起头来，目光直视着阿明。

“我要存钱买一架钢琴。一架真正的钢琴。你呢？”

阿明思索片刻。

“一只手套，”他最后说出答案，“一只棒球手套。”

※

一月就这么过去了，二月也随之消逝，但天气仍旧冷飕飕的。有时带着湿气的阳光，刹那间让人误以为春天来了；有时则感觉冬天似乎永远都不会离去。

但她始终还是没有回家。

就在某个寒冷的三月夜晚，小雪突然说：“我要去车站接妈妈。”

晚餐过后，她望向窗外。她的小兔子布偶则靠在窗框上。

“但她今天不会回家呀。”京子说。

“她会的，因为今天是我的生日。”

是呀，今天确实是她的生日。连阿明也忘

记了。

“她下周会回来的。”

“真的吗？”小茂问，“她下周会回家吗？”

“是的。”

“你怎么知道？”

“我就是知道。”阿明回答。

“不，她今天就会回家。”小雪坚持道，她的嘴唇抿成一条直线，眼睛直勾勾地注视着哥哥。

阿明看了京子一眼。京子点点头，阿明则叹了口气。

他们花了好长一段时间，才帮小雪穿戴完毕。她冬天的外套已经太小了，京子还是给她扣上扣子，围上围巾。小雪坚持要背她的新背包，上面有泰迪熊的那个。还要带上她的兔子布偶和巧克力。

阿明伸手要拿她的鞋子。

“不对，”小雪说，“我要穿这双。”她指向她的亮红色拖鞋，前面有熊的图案。她的后脚跟悬空，走路的时候鞋子发出嘎吱嘎吱的声音。

今天是小雪的生日，她可以为所欲为。

当她终于准备完毕，他将头探出门外，检查走廊是否安全。没有人。可即便他们已经够谨慎了，幸运之神仍旧不愿眷顾他们。就在楼梯底下，他们撞见了房东。

阿明停下脚步，向他们鞠躬行礼。老房东和他的漂亮妻子看见小雪时，两个人脸上都堆满微笑。小雪精心装扮，背着她的泰迪熊背包，她小小的脸蛋和马尾，则被大围巾包裹着。

“你要去哪里啊？”房东询问，弯下腰望着她的脸蛋。

“去车站找妈咪。”小雪回答道。她微弱的声音闷在围巾里头。

“原来如此，”房东太太接着说，她的手像在抱婴儿般抱着那只胖嘟嘟的黑白色小狗，小狗被粉红色的针织婴儿毯包裹住，“你叫什么名字？”

“小雪。”

“你几岁了，小雪？”

“五岁。”

“五岁呀？”房东太太说。

“她是我的表妹，”阿明匆忙地说，“她只待一个晚上。”他握住小雪的手，用力地压了一下。

“啊，”房东说，“我明白了，”他拍拍小雪的头，微笑道，“你可以走了。”

“真可爱的小女孩。”房东太太说，亲吻小狗的头顶。

他们往车站的方向前进。阿明朝冰冷的空气中吐了一团白雾。

妹妹走在他旁边，所以他必须放慢脚步。她走路时发出嘎吱嘎吱的声响，一方面是因为她的鞋子已经不合脚了，另一方面是因为她已经好久不曾外出了，仿佛她早就忘记该如何走路。

但小雪一点也不介意。她忙碌地来回张望明亮的店铺，橱窗里展示着各式各样的商品。

“西红柿……白萝卜……绿花椰菜……南

瓜……胡萝卜……蘑菇，”她嘴里念念有词，“好多啊……盘子……还有杯子……还有……”

他们坐在车站的旁边等待母亲出现。阿明冻得不得了，但小雪仿佛一点也不在乎冷冻的空气，无论怎样就是不肯离开。

她吃完她的粉红色和棕色巧克力了。

“糟糕，只剩下一个了，”她轻敲着盒子，难过地说，“这是最后一个了……”

阿明低头望着妹妹，她的脸颊红通通的，看着身边不断经过的人潮在车站进进出出。由于穿着那双在寒冷中毫无用武之地的拖鞋，她的脚局促不安地蠕动着。

阿明的心忽然涨满一阵激动，是因为气愤，抑或是爱，他已经无法辨别。

他总算说服小雪回家，此时夜色已深。他

们牵着手走在空荡荡的大街上。她试着走在街道的分隔线上，鞋子不断地嘎吱作响。

头顶的轰然巨响让他们抬起头来。单轨列车就像闪电一般，飞越他们的头顶，列车的灯光闪闪烁烁。

这阵噪声震动了街道，小雪原本牵着阿明的手这下抓得更紧了。

“只是火车罢了，”他安慰她，“火车会一路前往羽田机场。”

“去有飞机的地方吗？”她的眼睛闪闪发亮。

“有一天我会带你去的，我们可以坐上火车，然后一起去看飞机。”

“好呀，”她开怀地笑着，仿佛他已经给了她最棒的礼物，“我们去搭火车看飞机。”

第三章　春日

自这之后又过了几周，阿明已经记不清了，只是日复一日地生活着，他会外出采买食物、到银行的机器前缴房租、电费、燃气费和水费。机器会给你指令，只要懂得操作，一切都很简单，输入你的银行账号，再输入转账金额即可。

其他三个孩子待在公寓里，他们画画、玩拼图、看电视。京子尝试在她的小钢琴上弹奏歌曲，但上面只有二十五个键，她能弹奏出的曲调很有限。在某些日子里，耀眼的阳光会从阳台窗户射进室内，感觉到暖和的时候，他们会打开玻璃门。过去几周，小茂会缓缓朝阳台的方向移动，跑到那里玩耍，其他人最终也放弃了提醒他，不再要求他必须躲在屋里。

反正这也只是母亲定的规矩。

随着天气渐渐回暖，阿明不再急匆匆赶回公寓。他待在外头的时间更长了，悠哉地在便利店看漫画，他觉得自己和其他小孩没什么两样。

有一天，他在公园发现一颗平滑光亮的橡胶球，所以他在公园逗留玩了一会儿。如果有朋友可以一起玩抛接球，那肯定很棒吧。但其他孩子都在学校，所以他只好尽可能自己抛高橡胶球，然后在球掉下来的瞬间试着接住球。

要是他能有一只手套就好了，或是球棒。他试着将球往空中抛高，然后拿起棍子挥棒。但橡胶球表面太滑，而棍子则太细。

独自一人的挥棒练习很困难，但还是挺好玩的。

※

酷寒艰辛的冬天已经渐渐远离城市，街上涌现越来越多的人潮，大家都不急着赶路。孩子放学后，也会来电玩城。

忽然有一天，银行的机器发生了问题。

“请输入您的转账金额。”冰冷的机械声音说道，但当阿明再次输入电费金额，机器仍旧毫无反应。

荧幕上出现提示：金额不足。

“请输入您的转账金额。”他试了一次又一次，输入同样的数字，直到汗珠由他的颈子滑落。“请输入您的转账……”

于是他离开了，不想去想这个问题，不想去想空荡荡的银行账户，以及厨房桌上越来越拮据的生活费。

他不慌不忙，悠闲缓慢地漫步回家。走在外面的感觉真好，能嗅到微风中温暖的泥土气味。

他还不想回家面对弟弟妹妹，还不是时候。

阿明慢慢地走到游戏城外，他为什么不进

去呢？他只是看看而已，看看也不用花钱。

就在这里，他认识了两个当地学校的男孩子，还和他们玩了一会儿。他们甚至让他玩一回合七龙珠的游戏，以及魔鬼赛车游戏。他对赛车游戏很在行，完全不需要使用刹车。他们都对阿明刮目相看。

在回家的路上，阿明真的觉得自己就像台赛车，在小巷间驰骋着，嘴里发出引擎的声音，他穿梭于人群之中，完全没人以异样的眼光看他。根本没有人注意到他。

这件事之后，他经常和他的新朋友碰面。有时，其中一个男孩会骑自行车载阿明回家。他坐在自行车的后座，绕过街头上川流不息的人群，往运河边的路俯冲而下，任由风吹在脸上，这种感觉很好。往往等到他回到家里时，天色已经暗了。他知道弟弟妹妹在家里等他们的晚餐，坐立难安又无趣地等着，但这又不是他的错。

有些时候，他们会在便利商店外玩耍，经理似乎不以为意。毕竟阿明是位好顾客，他几乎天天都光顾商店，凭什么不能在那儿玩？很快，他开始买零食和游戏来回馈他的朋友，因为这么做才公平。

有一天，其中一个朋友买了新的电动游戏片，他们想要玩电动，却无处可去。

“到我家吧，”阿明邀请他们，“我们家的电视荧幕很大。”

“那你父母不会说什么吗？”

“这不成问题。”

当三个男孩冲进公寓时，他的弟弟妹妹们都惊吓得跳了起来。

“你回来晚了，”京子说，“你怎么……”

“我现在不是回来了吗？”阿明宣布，“我们带了好东西来。”

他取出几罐可乐，没有晚餐。

小小的公寓此时看起来更狭窄了。大男孩占住电视机前的位置，放入游戏片之后，小茂也跑过去加入他们，京子则默默移到一旁，让他们通过。小雪从她在玩的拼图边站起身，走到京子旁边。

阿明完全忽视他的妹妹。

“喂！我的可乐！”其中一个男孩大喊，然后阿明转回头，加入他的朋友。

小茂扑向这群男孩，他也想玩一次游戏，但他们全都刻意冷落他。

“剑圣！”他大喊着，“烈火之翼！”

“那个不是我们在玩的游戏，你这王八蛋！”

“烈火之翼！”

“走开，小茂。”阿明说。

“烈火——！”

“该死，闭嘴，王八蛋！你挡到我们了！”其中一个男孩粗鲁地推开小茂，把他推到墙壁。

这招奏效了，小茂默默爬到房间的角落，独自坐在那儿，他的膝盖顶着下巴，就这样静静地坐了一会儿。阿明的视线始终黏在电视屏幕上，无法移开。

零食吃完之后，他们有些焦躁不安。

“我们还去便利店吧。我饿了。阿明，这次你请客。”

“没问题。”

“我也想去！”小茂大喊。

“不行，你待在家，还有，别碰游戏机。”阿明说。

“对啊，小鬼，不许碰啊。”这几个男孩挤过小茂身边，便离开家了。

在便利店，他们慢悠悠地在走道间游荡，用手指转着模型玩具盒，翻阅漫画书，偷看成人杂志。

“喂，你看看她的胸部，”其中一个男孩讪笑，推了推阿明，然后指向其中一张图片，“很大！很棒对吧？”

阿明并未认真看，他在注视着另一个男孩，他正偷偷将模型塞进口袋里。

“你在干吗？”阿明低声喝止他，但他的

朋友却把薯片和饮料塞进他手里，推他到柜台前结账。

店员对阿明微笑，是那位为人很和善、帮他写新年信封袋的店员。

“他们是你的新朋友吗？”她问阿明。他点点头。

到了便利店外头，他的朋友把他拉进暗巷，扔给他那盒偷来的玩具。

“这个，给你的。现在该你了。”

他只是呆立在原地，不知道该说什么。

“快呀，阿明，到你了。快进店里呀。”他们急迫地盯着他。

他知道这是测试。他们是他第一个真正交到的朋友。

但他只是站在那儿，一动也不动。他的朋

友终于失去耐性了。

“喂，等等。”他说，但他们已经跨上自行车，踩着自行车扬长而去。

他看看手中的玩具。

是天火，他一直想要的玩具。

他们怎么知道的？

※

阿明以为会在便利商店或游戏店碰到他的朋友，但他却没有。

他想念他们，想念可以一同嬉闹的伙伴，想念他们在自行车上来回递着薯片的情景。

最后他决定，要主动去学校等他们下课。

他到达的时间太早，学校的大门还紧锁着，学校大楼也鸦雀无声。

他忍不住猜想，在这些学校的围墙后方，会是什么样子呢。和其他孩子一起上课学习、倾听老师的授课、将手高举在空中抢答问题、在课间休息时打球，还有和大家穿一模一样的制服——女孩穿着干净整洁的裙子和水手服，男孩则穿着挺括的黑色外套，上头还有几排帅气的铜扣。

上学到底是怎样的呢？

下课钟声终于响起，大门神奇地敞开，数以百计的学生拥出校门，彼此谈天说地，他们的书包在身体侧边上下跳动。

他瞥见他们了。

“喂！”他向他们大喊道。

“嗨，”他们两人和几位同学慢条斯理地走到他旁边，“怎么了？”

“我买了新的游戏片，”阿明说，“你们要来玩吗？”

“也许等有空的时候吧，再见啦。”

“我还要上补习班，抱歉。”接着他们就和同学离开了，他可以在年幼孩子的高声尖叫中，听见他们低沉的男孩嗓音。

“那是谁啊？”他听见其中一个男生说，“你去他家的时候，我也可以去吗？”

“他谁也不是，而且他家有股臭味儿。”

“什么臭味儿？”

“垃圾和杂物的臭味儿，他家跟猪圈一样。”

“真的假的？你是说像腐败的垃圾那么臭

吗？不会吧……”

他们的笑声逐渐散去，而阿明也难以听清他们的对话了，穿着校服的人海消失在街道的另一端。

他还来不及想下一步要做什么，校园立刻变得空荡荡的。就在这个时候，他忽然注意到有一群女生围在一起，在自行车停放架的角落处，认真端详着某样东西。

“她来了！”其中一个女生说，然后她们便嬉笑着跑走了。

是桥上的那个女孩。他在圣诞夜见到过，把书本扔进运河里的那位。她现在孤零零一个人，望着放在人行道上的东西。

阿明靠得更近一些看，发现她正在盯着某个丑陋的小型假牌位，几朵凋零的花朵塞在一双鞋子里、一支线香倚靠在一个破掉的茶杯中，还有只肮脏的泰迪熊布偶，它的脖子吊挂在一根柱子上，以及某个手工制的硬纸板牌子。

上面写着：献给纱希，蒙主恩召。

这个女孩一定就是纱希了。当她回眸注视他时，他几乎就站在她的身边。

她的脸上带着一抹他所见过最哀伤的神情。

※

这件事过后不久，敲门声便开始此起彼伏。拍打在公寓大门的尖锐声响，让他们停下手边进行的事情，安静得犹如不会动的雕像。随后一只隐形的手把一张像是公告的字条塞入门缝，上面全部印着小小的数字和文字，皆是阿明所无法理解的内容：欠款……未结账款……不再加以提醒……服务取消……

接着，脚步声慢慢远去，直到消失在走廊上。他的弟弟妹妹转过头看着他，仿佛他是家中的大人，仿佛他知道到底发生了什么事，该如何改善现状。京子会用她黑溜溜的眼珠盯着他，小茂会转过头，继续看电视，小雪则挨在他的衣袖边，她小小的手指深陷入他的手臂。

他势必得采取行动了。

阿明询问便利店的和善店员。

“我可以帮忙倒垃圾，”他告诉她，“扫地，将货品上架……”

“你今年几岁？”她问。

“十二岁。”

“你要满十六岁，才可以开始打工。”

阿明一言不发。

“你是不是应该……”店员忽然停下来，他知道她正在打量他磨损的外套、脚上肮脏的运动鞋。他从未穿过学校制服，但她仿佛是唯一一个注意到的人。

“你是不是应该……联络警察？”她语调轻柔地问他，“或是儿童福利团体的人呢？”

他激动地摇着头：“我不能联络他们，这样做的话，他们会把我们分开，我们就不能住在一起了。之前就发生过一次，后果很可怕，我母亲根本受不了的……”

店员点点头。有好几分钟，他们就这样静

静地站在那儿，但两人真的已经无话可说了。

天空开始飘起雨来。一周又一周，天天都飘着毛毛细雨，云朵压得低低的。连阿明都厌恶在这种天气出门，反正他也买不了什么东西。他在很久以前，就已经花光他要买棒球手套的钱了。

他就这么坐在桌边，再一次数着他们剩余的生活费。忽然，有只手往他面前伸了过来，手里握着一沓钞票。

“拿去。”京子说，那是她的压岁钱。

“但你这笔钱是用来买钢琴的。”

“无所谓了。”

她转过身，往被褥上坐下，下巴顶着她的膝盖。小雪坐在地板上，凝望着她最近画的一张画，断裂的蜡笔块散布在她周围。小茂则仰面躺着，拿起他的玩具枪，指着天花板上某个看不见的敌人。

阿明望着他们油腻的头发，已经短小的衣袖露出他们纤细消瘦的手腕，衣服的下摆翘着，纽扣散落不知去向。他望向他们脸上空白、了无生趣的表情。

就在此时，他下定决心。

受够了，他受够了。

※

第二天清早，太阳闪耀着光芒。京子看见阿明跪在衣橱旁搜出几双鞋子时，她知道情况不同了。

每人各一双鞋。

她微笑着，他抬头看着她，向她露齿一笑。

他们等到走廊空荡了，四个孩子才飞快地离开公寓，跑上大街。他们跳过雨后地上的水洼，头顶是盛开的樱花，树木也绿意盎然。空气闻起来是如此美好、如此洁净。一架飞机自机场起飞，低低地飞过他们的头顶，小雪抬头仰望飞机银色的腹部，她看着飞机划过蓝色的天际，嘴边忍不住挂着微笑。

他们的双脚虚弱无力，已不再习惯走路，但外出能够带给他们崭新的能量。变换的红绿灯、春天草地的颜色，一切都让他们感觉既新鲜又刺激。

阿明走在最前头带路，商业街上的人潮让

其他孩子心里有些紧张，但根本没人多看这四个孩子一眼。

第一站就是商店，他们兴奋得不得了，在明亮的过道上滑行，不知道该从何买起。泡面是小茂的最爱，阿波罗巧克力是要给小雪的，阿明让弟弟妹妹用自己的压岁钱买喜欢的糖果和玩具。他们将购物篮装满所有他们想要的东西。

“你的妈妈回来了吗？”在结账台的和善店员见到满满的购物篮时，对他微笑。

阿明在弟弟妹妹回答之前赶紧点头，但她已经忙着扫描商品的条形码。

公园是下一站。他们可以占据整座公园，从秋千跑到攀爬架，再跑到旋转木马，一边旋转一边笑闹。他们大力嗅着阳光的臭味儿，迷醉在阳光的气味里。

在回家的路上，他们经过一个小型工地。就在此时此刻，他们发现了小小的野花，从下水道的井盖探出头来，鲜红色的花朵在长茎上摇曳生姿。

两个小朋友像发现红宝石般被花朵吸引了过去，他们无法挖掘出植物的根，因为根部长在井盖底下的深处，而倘若他们拔起花朵，花朵势必会凋谢。

他们无法就此离去。那可真是勇敢的植物啊，从井盖探出头，亟欲捕捉阳光，它鲜红色的花蕊在春天的暖风中，看似在摇曳着乞求帮助。

“你们看，这里有种子。”京子说，将花瓣轻柔地拨弄在一旁。

“我们把它们带回家吧。”小雪说。

“好啊，还有这些。有人把它们丢在一边。”

“好可怜啊。”

很快，他们就收集到一把花朵种子。

“我们还需要土壤。”

小茂最擅长收集土壤了。他在瓦砾下找到潮湿的黑色泥块，收集起来放入他们的塑料购物袋。

他们家里有许多塑料容器，可以拿来当盆栽。阿明教他们如何在土壤中用手指挖出浅浅的小洞，然后将种子埋进去，再轻轻地把土重新覆盖上。他说：“要不了多久，花朵就会长出来了。”

他们在盆栽上分别标记自己的名字。

“我的看起来好奇怪。”小雪说，她试着在滑溜的塑料上写字。阿明把手放在她的手上，帮她在容器上写下她的名字。

他们将盆栽并排放在阳台上，太阳正在西下。他们几乎可以幻想，他们小小的植物已经开始长大了。

这真是美好的一天。

“我去拿水。”京子说着转过身走回室内。

她的声音从公寓里传出，空荡荡的，仿若回音。

“灯不亮了。”她大喊道。

阿明走过去检查，他拉起一条电线，却毫无反应，他取下电灯泡，摇晃了一下。

“浴室的灯也不亮了。”京子告诉他。

他的心一沉。

冰箱门上，小雪画的母亲肖像凝望着他，黑色蜡笔画出的眼睛，既圆满又空洞。

第四章　夏日

随着天气渐渐回暖，情况似乎也在慢慢好转，即使公寓里没有电，水也被停了，他们再也不用担心公寓的生活被人发现，也发现来来去去反而不容易引起他人注意。似乎完全没有人关心，自己周遭有四个孩子自力更生，仿佛这些孩子是隐形人似的。

平日的游乐场总是空荡荡的，那里有厕所

与公共喷泉，可供他们盥洗与洗衣。小茂和小雪可以坐旋转木马和荡秋千，树荫下舒适凉爽。他们找寻蟋蟀的踪迹、追着毛茸茸的白杨树种子跑，种子在阳光下闪闪发亮地飘着，小雪管它们叫太阳仙子。

结束之后他们便会回家，阿明提着水桶，里头装满公寓里要用的水，京子则提着衣物，两个较年幼的孩子则已经累倒，太阳下山后就准备好就寝。

有那么一阵子，这里就像是他们的私人游乐王国。

直到有一天，他们注意到另一个女孩。

这位女孩是纱希，阿明在学校外见过她，其他女同学都对她很恶劣，也没有人喜欢她。

她独自坐在公园边的长椅上，书包放在她的身旁。她穿的校服总是干干净净，黑色的皮鞋闪闪发亮，她会坐在那儿，用拇指按着手机，然后盯着手机瞧，却从未与人打过电话。

小茂是第一个主动跟她说话的人。

“你在做什么？”他问。

女孩没有抬起头来。她看起来就像个洋娃娃，静止不动地坐着，白色的水手衬衫白得发光。

“你不去上学吗？”

“不去。”

“怎么不去呢？”

“我讨厌学校。”

“那你为什么来这里？”

她耸耸肩：“因为没其他地方可以去。”

“我也是。”他玩弄着脚上的凉鞋，鞋子

在沙里来回摩擦了一会儿，但她并未接话。

于是他便默默离开，在附近的树后摸索着。

“喂，你知道这里有个蟋蟀洞吗？”他蜷曲着身子，用一根棍子翻掘着泥土。

这时她抬起头，看见他正从树后窥视她，他灿烂的笑容挂在他那张圆滚滚、脏兮兮的脸蛋上。

她忍不住回他一个笑容。

能有一起玩乐的同伴很有趣。纱希和他们猜拳，当小雪喊出草莓和飞机，而不是石头和剪刀时，纱希也完全不介意。当小茂到处游荡，停在一个又一个电话亭或贩卖机前，寻找遗落的零钱或糖果时，所有人都得停下来等他，可是纱希仍旧不介意。

小茂这么做的时候，纱希只是微笑着，这让阿明和京子也跟着笑了。

她不会问他们尴尬的问题。

甚至连初次看见他们的公寓时也是一样。

但是她仍然注意到了——堆积如山的垃圾、里面只有一瓶水的冰箱、堆满肮脏碗盘的水槽、角落的电视被拿来当毛巾架使用、水果的标签贴纸装饰着门框、墙壁和柜子上则贴满像是账单的纸张。

有许多图画上都标记着“妈妈”。

她看见桌子上堆满广告单、蜡笔残块和类似官方通知的纸——您的房租已逾期；最后用电通知，我们已停止对您供应水源服务。

她看见阳台摆了好几个旧泡面汤碗，里面长着凌乱的野草。

她能做些什么？她也无能为力，所以只有走到阳台，帮两个年幼的孩子浇花。

之后，纱希便时常到公寓找他们，她会和小雪一起画画，与京子在小红钢琴上编曲，弹着二重奏。

有一天，公寓门忽然旋开，房东太太手里抱着她的黑白色小狗出现，公寓里只有她们三个女孩。

“不好意思，”她说，“因为你们的门没锁。”两个大女孩抬起头看她，她们一句话也没说，小雪已经睡着了，她的头靠在纱希的腿上，数绺发丝贴在她的脸颊上，让她看起来格外娇小。

“我是住在三楼的房东。”女人开口，她跨了一步走进公寓，却不知道眼睛该往哪儿看。尽管纱希已经稍微帮他们打扫过，屋内仍旧是一团混乱，就像场灾难一般。

“我来是要跟你们收……房租的，”她继续说道，“你们的母亲在哪里？”

“她外出工作了，”经过长长的沉默之后，京子说，“她人在大阪。”

“那你们是他们的表亲吗？”房东太太问，几乎就在她们两人同时点头之前，她已步出公寓，仿佛她害怕听见或看见不该知道的。

八月火伞高张，即便是东京也一样。白天炙热难耐，夜里则更糟糕，他们在公寓里难以呼吸，仿佛空气都已被抽空。

尽管如此，大多时刻京子和小雪仍待在室内，饥饿疲惫的她们连公园也不太想去了。阿明会带着小茂出门，带着他着实麻烦，但这阵子以来，如果小茂关在公寓里的时间太长，就会变得有些不可理喻。

※

他们通常会到便利店，那位和善的店员已经离职，但阿明和另一个新店员发展出一套新的常规。阿明会提着一个蓝色的空水桶走进商店，佯装在书籍区看漫画。如果店员与他四目相接，阿明便随即走到商店后面，然后安静地等候。有时他必须等上好一段时间，但店员最后仍会走出来，往阿明的桶子里倒入几盒隔夜寿司，接着便赶紧溜回店里，动作快到连阿明都来不及感谢他。

一如往常，小茂在商店门口等待，他正望着一群男孩，围在他们崭新的自行车旁，舔着冰激凌，抱怨炙热的炎炎夏日。小茂的脸蛋灰扑扑的，污秽的短衫黏在后背上，他的视线紧紧黏在他们的冰激凌上，这些孩子却完全忽略了他的存在。

阿明得呼喊他两次，他的视线才能从男孩们的身上移开，然后跟着哥哥走在街上。

“里面有鲑鱼吗？”小茂问他，想一窥桶子里的寿司。

“没有，只有桶子里的这些而已。”

“不公平。”

纱希来家里做客的时候，阿明都会陪她走

路回家。京子偷偷注意着他们。她注意到，只要纱希来家里，她的哥哥都会到游乐场洗头发、嗅嗅他的衣服，然后找出一件相对干净的短衫穿。她也注意到有时他的声音变得怪怪的，像是感冒还是不舒服似的。

步行回家的路上，阿明和纱希通常都慢悠悠的，仿佛两人都不急着回家。

在某个闷热的夏日，纱希停在一台贩卖机前，买了两罐汽水，是那种昂贵的蓝色铝罐汽水。

“冰冰凉凉的，很舒服吧？”她说，将汽水轻贴在阿明的面颊上。

他的笑容在脸上漾开。饮用贩卖机的汽水是一大享受，冰冰凉凉的，很清爽。

纱希住在一栋整洁的小型建筑里，建筑的大门紧锁着，通往前门入口的走道上，有一排修剪整齐的绿色灌木丛。她从未邀请他进去，他也从未期望她邀他入内。

“你妈妈什么时候会回家？”就在转身道别时，她忽然问他。

“她不会回来的，”阿明说，“她永远都不会回来了。”

纱希停下脚步看着他，千百个问题在她眼底打转。

“也许吧，”他声音粗哑地说，“也许她永远都不会回来了。”

当日夜里，他坐在家里，手指拨弄着纱希买给他的那罐亮蓝色汽水的瓶盖。他用上衣擦拭着瓶盖，他很喜欢瓶盖在街灯的微光下发亮的模样。

公寓又热又闷，但在他身边的弟弟妹妹皆已进入梦乡，他们就像是累坏了的小狗，手臂和大腿裹挟着棉被。

阿明凝视着他们，久久不能移开视线。

他们的母亲不会回来了。

也许永远都不会回来了。

※

“我可以赚钱的。”隔天纱希告诉他。阿明一如既往地陪她走路回家。

“什么？”他说，“要怎么赚钱？”

她转过头对他露齿而笑，然后拿出她的手

机，开始拨号。

他们一起走进火车站，她在入口处等待的时候，他则在街道另一侧注视着她。

很快有个男人走上楼梯，并且朝纱希的方向走去，两人互相打招呼。即使他们交谈时，这个男人的头靠她很近，阿明也感觉纱希并不认识这个人。他穿着一件黑色的西装，提着一个公文包，个子很矮，头发稀疏，他看起来很老了。

纱希和男人走回火车站，阿明则继续等着。等待的时间越长，他的感觉越糟。

她离开的时间很漫长，等她终于和男人回来时，天色已黑。他们转身向彼此道别，男人就离开了。

纱希飞也似的冲过马路，走到阿明等待的

地方。她向他伸出一只手，手中是满满一把折叠起来的钞票。

“给你！”她说。

阿明望向钞票，他抬起眼睛看着她，感到一阵厌恶。

“不行。”

“为什么不行？我刚刚跟他去唱卡拉 OK 而已。”

阿明凝视着她，凝视着她仍旧伸出的手。

她在说谎。

“不行！”他大吼，转身跑走。

他跑了好久好久，经过灯火通明的店铺，拖鞋用力地踩踏在人行道上，他一直跑，直到他想要呕吐为止，但当他一停下来，他的胃恶心地翻搅着，他就连跑步也跑不了了。

※

第二天清晨，阿明在潮湿的热气中醒了过来。床单的气味难闻，他们已经很久没有晒床单和被褥了，阳台上挤满了他们的塑料盆栽，里面的植物已经凋零死亡，泥土干巴松散，但没有人有多余的力气清理它们。

两个妹妹还在熟睡，阿明忽然听到咀嚼声。

是小茂，他嘴里有东西。

“你在吃什么？”阿明轻声地问他，“快吐出来。”

他伸出他的手，小茂坐起来，身子向前倾，往哥哥的掌心吐出一团白色的东西。

“这是什么？”

小茂躺回床上翻了个身，背对哥哥。

“是纸，”他静悄悄地说，“我在吃纸。”

阿明慢慢地走下坡，两只手分别端着一碗泡面。泡面桶盖破了，所以店员免费送给他了，但他得小心翼翼地端着面，才不至于洒出汤汁。

即便如此，小茂还是很开心，他最喜欢吃面了。

但当他回到公寓，家里只剩下小雪一人，她没有起身迎接哥哥——她再也不这么做了——只是缓缓地转过脸看向他。

“小茂在哪里？”阿明问她，将泡面放在餐桌上。

“我不知道。”小雪的声音非常虚弱，她脸色苍白、身形消瘦，双眼如同两个深沉的黑池。

“那京子呢？”他问。

小雪望向紧闭的衣柜门。

阿明拉开衣柜门，京子就在黑暗之中，独自坐在衣柜的底层，她的脸埋在一件花朵衬衫里，那是他们的妈妈带回寿司当晚所穿的衬衫，也是她在家的最后一晚。

他的妹妹肯定在哭泣，他能看得出来，但他现在没有时间管她。

“你在做什么？”他大吼，“小茂上哪儿去了？”

“我不知道，他走了，他说他很饿。”

阿明跑出公寓。小茂这孩子难道还不知道规矩吗？他们的妈妈难道说得还不够清楚？

他气坏了，对小茂生气，也对妹妹生气，毕竟他可是这么努力地想维系整个家啊。

这不是他的错！

他不断奔跑，最后总算发现他的弟弟，他正在和其他孩子玩着一堆机器遥控车。阿明得大声叫喊，才能引起小茂的注意。

“你说你想吃面，所以我带面回家了！”

小茂头也不抬一下，他的手忙着操纵遥控器，专注地指挥他的货车玩具后退。

“你想要做什么？”阿明低声含糊地说。

他感到非常气愤，气他们所有的人。

“随你便吧！”他大吼，“你也不必回家了！”他一脚将小茂的货车踹到墙上，货车跳了一下，又落下掉在人行道上。

小茂看着他的哥哥。

“不要对货车发脾气！”他大喊，他的新朋友则冲上前查看电池是否还完好。“这是我哥哥，”他告诉他们，“他是个笨蛋。”

阿明快步走回家，他转过头，看见小茂碎步跑在他身后。

最后让阿明失控的人却是小雪。他们躺在公寓里，垃圾的臭味，久未盥洗而散发出的体臭，在闷热的屋里飘散。现在他们大多时间都在睡觉，已经没有力气外出、洗衣洗澡，甚至连交谈的力气也丧失了。

但小雪漫不经心地弹着那台烂钢琴玩具，她并不认识音符歌曲，只是不断重复按着刺耳的高音键，这终于让阿明受不了了。

“别玩了，小雪！”他尖叫。

她看着他的眼神，仿佛她根本就不认识他。

“我得去上厕所了。”她用小小的声音说。

“你刚刚为什么不在公园里上厕所？”

她难道不知道公寓里没水了吗？马桶已经无法冲水了！

她只是看着他。她只有五岁，他不应该对她这么凶，但这个想法却让他越来越愤怒。

“去浴缸里上。”

“可是我不想。”她静默了片刻，“纱希会回来吗？”

阿明一秒也无法注视她那张哀伤的脸庞，她的脸上挂满太多他无法回答的问题。虽然她从来不会哭闹，但此时她的双眼却开始涌上泪水。

他站了起来，走到冰箱前，冰箱里充满塑胶味。没有电，要冰箱做什么？！

他伸手想拿水瓶，但水瓶并不在原位。

“小茂！”他的弟弟正在阳台上，胖胖的小手握住珍贵的水瓶，他正想帮他们可悲的花园浇水。他不小心打翻他的植物，植物从栏杆一路滚落，掉到公寓下的地面，此时阿明几乎想跳起来呼叫。

“小茂！”他大喊，“你不能把水用光！我们没有水可以喝了！”

“纱希会再回来和我们玩吗？”小雪问他。

“不会，永远也不会。”他这下真的生气了。他的母亲怎么可以这样对他？他该怎么做才好？他不过十二岁而已，这一切都不是他的错啊。

他拉开衣柜门，他母亲的衣服全部挂在那里：她的派对洋装、围巾。妈妈喜欢漂亮的东西。

看见母亲的衣服，他气得失控，他把衣物从衣架扯下，扔在地板上。

“你在做什么？”京子大喊。

“我要卖掉这些东西。反正再也用不到了。”

“不行！快住手！”她抓住那件花朵衬衫，想要从他手里抢下。

“别闹了，放手！”他们从未吵过架，也从没有如此争吵过。

“闭嘴！”

“别挡路！”他怒视她那张瘦弱凹陷的脸。

但他仍必须说出口。

“你还不懂吗？她不会回来了！她永远都不会回来了！”

他再也承受不了，他松开双手，把衬衫往妹妹的脸上扔。

“你就待在衣柜里吧，笨蛋！谁会在乎！”

他环顾公寓，看到成堆的垃圾、凌乱肮脏的环境、小雪画的无用图画、因为没有水而久未清洗的脏乱的床单和被褥、阳台上凋零的植物、散落一地的泥土，以及在小茂肮脏的脚边、紧紧抓住妈妈白色花朵衬衫的京子，还有小雪盯着他的那双大眼睛。

他从未如此对妹妹怒斥大吼。

他转身夺门而出。

※

过了好久好久，他才终于冷静下来。最后，

他的双脚带着他来到校园。

他站在链环围篱外，朝里面看，虽然他人站在外面，却觉得自己反而像遭到禁锢的囚犯。今天肯定是周六，因为他发现与他同年龄的男孩正准备打棒球，他们蜂拥进入棒球场，穿戴着成套搭配的棒球帽、棒球衣、袜子和鞋子，看起来帅气无比。

几位家长站在观众看台区，手里高举着洋伞遮挡炙热的烈阳，还拿着扇子对着脸扇风，脚边则放有几瓶冰凉的水。

是白熊队对抗剑山斗士的比赛。

白熊队的教练正注视着他的队伍，队员正在球场一侧练球，有些孩子接守滚地球，有些则在挥棒打击。

“宫内！”他喊着，“你的脚不要一直动。”

他低头看看笔记板。

“加藤！矢野今天上哪儿去了？”

“补习班。”一个男孩大喊。

“补习班？”教练把笔记板扔到一旁，抓抓脑袋，“也就是说，我们人数不足。”

他的目光扫射整个球场，眼睛落在坐在围篱外的阿明身上。教练眯起眼睛，咧嘴而笑，然后往阿明的方向走去。

棒球服穿在阿明瘦弱的身上，看起来明显过大，但他一点也不在意。九号，这是他的号码。袜子合脚，鞋子也完全合脚！

然后就是手套了。手套是真皮制的，触感柔软，是崭新的金棕色。教练向他示范如何把食指套入拇指的部位，如何让球滑入柔软的袋子里，手套要如何包覆住棒球才不会漏接。

两支队伍在球场中间碰头鞠躬，裁判随即吹了哨子。教练让阿明守右外野。

男孩们丝毫不介意他是新人，他们的选手不足，没有阿明，今天就不会有比赛。

右外野风平浪静，但阿明并不在意，他只是专注于球赛，注视每一次的打击，他观察大家的模样，也蹲低自己的身子，然后跳起来，如此一来，球往他的方向飞过来时，他才可以接得住。

过了好一阵子，都没有球飞到右外野。

球忽然来了，直接朝他的方向飞了过去。他举高手臂想接球，但球却飞越他，落于外野后方的墙壁上，他奔跑了过去，追逐着球，然后将球捞起。当他转过身，已经有队友准备好要迎接他传回的球，跟他在电视上看到的职业棒球一模一样。

他在打棒球，他真的在打棒球，灿烂的笑容在他的脸上漾开，他笑出声来。

一局结束后，他对于接下来的挥棒打击感到局促不安。

他挥出僵硬的第一棒，动作太过迟缓。

教练小跑到本垒旁，站在他身边。

“阿明，两只手握起来，就像这样。”他合起阿明的双手，并将自己的手放在他的手上方，示范如何握住球棒。“眼睛注视着球，当球来的时候，以斜角用力打击出去。重击，你只要重击，大力挥棒。”

阿明点点头，他办得到的。之前从没有人

向他示范过。

棒球第二次投掷而来，阿明挥棒，却又错失一球，但教练的声音从界线传来。

“挥得很好，阿明，这球挥得好。”

他的队友也在鼓舞他，为他加油，他们喊着他的名字:“阿明，加油！”“你行的，阿明！”

这给他无穷的勇气，下一次击球，他的球棒总算击中球。

起先他险些忘记要跑垒，但他随即跑了起来，队友的欢呼加油声在他耳边此起彼伏，他一路奔到一垒。

他从未有过如此棒的感受。

这也是他人生中最美好的一天。

※

阿明在跑步回家的路上，脑海中仍旧可以听见观众不绝于耳的欢呼声。他依然可以感觉到球棒握在他手心的触感，也还可以听见击中球时，球棒所发出的清脆声响。自己的脚套上真正运动鞋的感受，他仍旧清晰记得。运动鞋也很合脚！他并未每击必中，或者每次都捕捉得到球，但他真实地上场打球了，就和其他人一样。

他多么希望他的弟弟妹妹也能在场，在界线外帮他加油，看他成为球队的一分子，与其他孩子一起打球。

白熊队，那可是他的球队。

※

他一次两级地踩上楼梯，冲上走廊，他这么晚才回家，弟弟妹妹肯定更加生气了，但那又如何呢？他会补偿小茂的，买他最喜爱的泡面给他。

他打开门，一切映入眼帘。

不牢靠的折叠黄椅被收了起来，斜靠在窗边；京子环抱住她的膝盖，一动不动地坐在地上；小茂蜷缩在角落，他的面颊贴在墙上。

小雪则躺在他们两人之间，瘫倒在地板上。

“小雪？”他呼喊着她。

京子抬起脸看向他。

“她想要伸手拿杯子，”她低语道，“然

后就从椅子上跌了下来，之后人就爬不起来了。”

“小雪！”他奔向她，弯下腰，摇晃着她的身体，起初轻轻地，之后用力地摇着她。

但她小小的身躯仍然静止着，动也不动。

阿明踉跄地走过拥挤的街道，经过灯火通明的商店，路人的脸庞一片模糊，炫目的灯光让他睁不开双眼。

人生中第一次，阿明不知道该如何是好。有这么多家商店，却没有他的容身之处。有这么多人，却无人可以倾诉。

几乎没有一个人。

他在纱希家的外面等着她回来。她看见阿明的脸色，就知道事情不妙。

“阿明，发生什么事了？”

“我可以借……你上次的那笔钱吗？”他不知道该怎么说，“我想带小雪……去看飞机。”

他们在回公寓的路上去了便利店，搜刮所有架上陈列的阿波罗巧克力，然后整整齐齐地排放在柜台。

“你们要去野餐还是去哪里吗？”店员说，“好像很好玩呢。”

回到公寓后，其他弟弟妹妹都在等着，桌上有一个从未见过的信封。

“京子，这是什么？”阿明问。

“刚刚寄到的。”

他打开信封，是一沓厚厚的钞票，还有一张简短的字条：

给阿明：

请代我向孩子们问好。我全要靠你了。

妈妈

夜幕低垂，他们点燃一根蜡烛，在他们处理小雪的躯体时，蜡烛的烛光形成一圈光晕。

他们首先尝试棕色的行李箱，看似不错的选择，这是她搬家时用于躲藏的箱子。他们动作轻柔地将她摆好，但行李箱太小。

“装不下去。”阿明说。

“我猜……她长大了。”京子取过桃红色的大行李箱，也就是小茂的箱子，不费吹灰之力地将小雪装了进去。

他们确定已放入所有她需要的东西。京子找到小雪最喜爱的红色拖鞋，上头有棕熊的那双。鞋子套上小雪的脚时，发出嘎吱嘎吱的声响。他们将她的小兔子塞进她小小冰冷的拳头里，然后像花朵一般，把阿波罗巧克力的盒子摆放在她身边，最后关上行李箱的盖子。

阿明和纱希小心翼翼地将箱子搬下阶梯。从阳台上，京子和小茂望着他们在人行道上放下箱子。

“就这样跟她道别了吗？”小茂抬起头问京子。

她并未回答，他们目睹阿明和纱希缓慢滚动行李箱轮子，走向早高峰的街道人潮和单轨列车，京子只是将手放在小茂的手上，紧紧地握住他的手。

当他们抵达机场附近的空地时，黑夜已经降临，地面隆隆震动着，空中也充满飞机起飞、降落时所发出的刺耳声音，飞机的灯光像聚光灯般横扫地面。有那么一刻，阿明和纱希就只是那么坐着，注视着来来往往的飞机。这里的微风凉爽，远离城市的水泥尘嚣。

泥土地很柔软，他们在附近找到一块木头，轮流用木头挖掘地面，以双膝跪地，弯曲着背部，他们用双手挖掘，就像在海滩堆沙堡似的。

最后挖掘出的洞很浅，但也花了他们好长的时间。

他们动作轻柔地放入行李箱，两人凝望着箱子片刻，不发一言，然后阿明双手捧起满满的土壤，覆盖在行李箱上。他空荡荡的双手置于膝上，满是泥土的手指不住地颤抖着。

纱希把手放在他的手上抚慰他。他不能让自己哭出来，于是她就静静地为他们两人流下眼泪。

等到他们结束，天空已经破晓。当单轨列车带着他们回到市区时，他们两人并肩坐在火车上。天空和宁静的海湾，在清晨的曙光下呈现淡淡的紫色，整座城市在高升旭日的笼罩下，洁净明亮地闪耀着光芒。

※

阿明在便利店后门外的人行道坐着，就在他平时等待的地方耐心等候。没过多久，店员便从后门走出，安静地往桶子里放入一堆隔夜寿司。

京子、纱希和小茂在商店门外等着。四个孩子穿越人群回家时，空气因为高温而显得厚重。外出购物的行人经过他们身边，脸上面无表情，他们的脚步缓慢，却无人回头多看孩子一眼。纱希和京子走在前头，两人正低声说着话，有时会不经意碰触到彼此的手臂。

他们在人行道前停下脚步，等待车辆通过，人群和车辆之中，阿明可以听见远处传来的嗡嗡低鸣声。

他抬起头来，高高挂在天空的是一架飞机，从机场的方向而来，仍在往更高的天空攀升，太阳像灯塔一般，闪烁照耀着光亮的飞机机身。

阿明看着飞机冲上天际，就像一只银鸟，越飞越高，越飞越高，最后消失在一片蔚蓝之中。

他忽然感到袖子被人轻微拉扯，这才回过

神，是小茂，他望着哥哥，圆嘟嘟的脸蛋写满疑惑。

阿明挺起胸膛，车流已经过去了，其他人在另一侧等待，他们可以通过马路了。

当四个孩子走回公寓时，街道已逐渐转为寂静。小茂如同往常，在后面拖拖拉拉，附和着自己脑海中无声的鼓声自言自语。

走到转角处，他跑到贩卖机前面，往货品槽摸索，蹲低身子寻找，是否有卡住的巧克力棒、遭人遗忘的钱币，但是什么也没有发现。

接着他检查了公共电话，用小手掀开硬币槽。

“我找到一枚硬币了！”他忽然大叫，胜利般地举起他的拳头，接着奔跑向大家。

孩子们全部回头看着他，看着他那张充满

喜悦、布满汗水的脸庞，以及他肮脏的小手握着的那枚银色钱币。

在转身继续向前走之前，他们都忍不住露出微笑。

（全书完）